시집 상상사진관
SangSANGmuseum

시집想相사진관 강영호사진詩
99%진짜같은가짜사 랑

펴낸날 | 2004년 3월 10일 초판 1쇄
        2004년 3월 30일 초판 2쇄
지은이 | 강영호
사 진 | 강영호 이상욱
펴낸이 | 이태권
펴낸곳 | 소담출판사
        서울시 성북구 성북동 178-2 (우)136-020
        전화 | 745-8566~7 팩스 | 747-3238
        E-mail | sodam@dreamsodam.co.kr
        등록번호 | 제2-42호(1979년 11월 14일)
        홈페이지 | www.dreamsodam.co.kr
기획 편집 | 박지근 이장선 가정실 구경진 마현숙
미 술 | 김미란 이종훈 이성희
본부장 | 홍순형
영 업 | 박종천 장순찬 이도림
관 리 | 안찬숙 장명자

ISBN 89-7381-794-9 03810
● 책 가격은 뒤표지에 있습니다

시집 想相사진관 강영호사진詩

99% 진짜같은가짜사랑

소담
Sodam Publishers

사진을 찍을 때, 99% 진짜 같은 표정을 끌어내겠다는, 프로정신으로 시작한 그녀에 대한 사랑은, 항상, 100%의 짝사랑으로 끝이 납니다. 셔터 스피드인, 400분의 1초라는 너무 짧은 순간, 그녀의 사랑스런 표정의 상대는, 유일하게 '나' 라는 100%의 오해로, 나는 결국, 최고의 사진을 만들어내지만, 난, 그녀의 눈 속에 영원히 갇혀버립니다. 400분의 1초라는 아주 짧은 그 순간, 난, 틀림없이 그녀와 사랑을 했습니다.
단지, 우린, 서로의 눈동자로 마주 보지 못했기에, 그녀는 그것이 사랑이었음을 알지 못합니다. 그녀는 절대 모릅니다. 카메라 뒤에 가려져 있던 내 젖은 눈을….

촬영을 마치고,
그녀는 항상, 나를 떠나면서, 이렇게 말합니다.
"수고하셨습니다…."
　…

나는 타고난 프로인가 봅니다.
100% 짝사랑이…,
할 때마다,
아픕니다.

상상사진관

불쌍한 사람, 당신.

내가,
당신을, 얼마나
사랑했는데……,

당신의
눈 속엔, 항상
내가 있었는데……,

아무것도 모르는
불쌍한 사람,
당신.

인연

아무도 안 믿는데,
나만, 믿는 것.

모두 다 믿는데,
나만, 불안한 것.

바보…….

아무렇지 않은 듯

그렇듯,
그렇게…… 사는 게
참,

힘듭니다…….

있는 듯, 없는 듯

그러나,
늘,
곁에 있는……
……
그렇게,
살아가기.

negotiation 不可

죄송합니다.
당신을 사랑하는 것보다,
사랑하지 않는 것이 더 힘이 듭니다.

무지한 오버

만약에 당신이
레즈비언이라면,
난 성전환 수술을 받겠습니다.

만약에 당신이
수녀가 되신다면,
난 신부가 되어 당신과 같은 길을
가겠습니다.

만약에 당신이
유부녀라면,
당신 동네의 정육점 주인이 되어,
당신이 고기를 사러 왔을 때, 당신 모르게
고기 한 근을 더 넣어드리겠습니다.

만약에 당신이,
아이가 있다면,
난 당신 아이의 선생님이 되어,
사랑을 가르치겠습니다.

만약에 당신이,
장님이 된다면,
난 당신 모르게 항상 당신과 같이
걷고 있겠습니다.

만약에 당신이
사형수라면,
난 사형집행관이 되어,
당신을 죽이고, 그 죄책감으로,
평생을 불행하게 살다가 가겠습니다.

만약에 당신이…….

Can't help ~ing

어쩔 수 없었습니다.
그럴 수밖에 없었습니다.
가만히 생각해 보면,
항상,
인생은,
그랬습니다.
나도 모르게…….

난 그저

당신이 빠리에 간다고 했을 때,
난 빠리에 갈 계획을 세웠고,

당신이 일본에 간다고 했을 때,
난 계획을 수정했습니다.

당신이 뉴욕에 간다고 했을 때,
난 뉴욕에 갈 돈을 모았습니다.

당신이 북한에 간다고 하면,
난 아마 부모님을 생각하며 울 것입니다.

……

늘 떠나려고 하는 당신,
걱정하지 마세요.
당신을 따라가려고 하는 건 아닙니다.

난

그저,

우연한 만남의 가능성을 조금이나마,

좁히려고 할 뿐입니다.

억지로 인연을 만들지는 않겠습니다.

허나,

노력은 하고 싶습니다.

그래야,

인연이 아님을 알았을 때에도

내 마음은 진심이었음에

그나마

슬픔을 이길 수 있을 테니까요.

차별화 전략

당신이 아는 대부분의 사람들이
잠드는 시간을 골라,
난 잠을 자지 않습니다.

그래야,
당신의 전화를 받을 수 있는
유일한
사람이 될 수 있으니까요.

전화1_ **허탈**

잠깐 잠이 든 사이에,
당신에게서 전화가 왔습니다.
당신은,
"잤구나. 미안해, 그럼 더 자."
하고 전화를 끊었습니다.
너무하는 당신.
난 전화기를 베고
자고 있었는데…….
얼굴에 전화기 자국만 남은 채,
난,
잠 못 드는 밤,
고개만 숙이고 있었습니다.

전화2_ 너무합니다

당신이 알까 모르겠습니다.
당신이 전화할까 봐,
내 모든 밤시간을 비워 놓고
전화기 앞에서
기다리는걸.
그러다 전화가 오면,
아무렇지도 않은 듯하려고,
애를 씁니다.
기다리지 않은 척하려고,
일상적인 말을 하려고,
머리를 씁니다.
그러다 말이 막히면,
당신은 그냥, "안녕" 합니다.
당신, 참 너무합니다.

나도 너무합니다.

My valentine day

다정했던 당신이,
연락이 없습니다.
꼭 오겠다던 당신이,
소식이 없습니다.

난 당신이 오시면 드리려고
쵸코렛을 준비했는데.

기다리다, 기다리다,
쵸코렛 하나를 먹었습니다.
기다리다, 기다리다,
쵸코렛 두 개를 먹었습니다.

......

당신은, 나에게

기다림은 쵸코렛 맛이란 걸,
가르치고 계십니다.

지혜로운, 당신,

당신은, 나에게
쵸코렛 하나로,
끝내,
이별마저,
가르쳐주셨습니다.

미안합니다

사랑 안 할게요.
당신…….
하고, 백 번을 말했습니다.

……

미안합니다,
당신…….
백 번을, 거짓말했습니다.

기다리는 개새끼

나는 남자다.
남자는 늑대다.
늑대는 동물이다.
동물은 생물이다.
생물은 나의 학력고사 선택과목이었다.
학력고사는 340점 만점이었다.
340점 만점은 내 꿈이었다.
그리고,
내 꿈은 너였다.

그런데,
너는 여자다.
여자는 갈대다.
갈대는 식물이다.
식물도 생물이다.
생물은 너의 수능 과학탐구영역이었다.

수능은 400점 만점이었다.

400점 만점은 너의 꿈이었다.

그러나,

너의 꿈은,

.

.

내가 아니었다.

.

.

.

사랑이란,

결국,

나에게 주지 않았던,

.

너의 그 마음…….

사랑이란,

행복한 불행.

당신은 나보고

당신은 나보고,
밥 잘 먹고, 잠 잘 자래.
근데, 난 그러기 싫어.

그거 잘 하면,
당신 나한테 관심 끊을 거 같애.

감정 측정기

술도 먹지 않았는데,
술 냄새도 나지 않는데,
……
음주 단속에 걸렸습니다.
그래서, 난,
음주 측정기가 고장난 것이라고,
경찰에게 항의를 했습니다.
그랬더니,
경찰이,
이 측정기는 새로 나온 감정 측정기라고
하더군요.
사랑, 혹은 분노 등에 대한 감정 지수를
측정해서,
운전이 가능한지를 판단한다고…….
그리고, 그 측정 결과,
난, 지금 누군가 외에는

눈에 뵈는 것이 없는
상태라고,
면허증을 제시하라고 하더군요…….
결국 난, 죄를 짓게 되었습니다.

당신을 사랑한 죄.

신파 병원

제 심장에,
뭔가 생겼습니다.
아무래도,
사람 같습니다.
좀, 아픕니다.
병원에 갔더니,
심장 내 임신이랍니다.

심장 내 임신은
수술로,
아이를 꺼낼 수 없답니다.
아파도
그냥,
참으랩니다…….

의사가 묻더군요,
아이 아버지가 누구냐고.
……
"아이 아버지가 아이이고,

아이가 아버지이고,
아이가 아이이고,
아버지가 아버지이고,
아버아이……."
……
의사가
내 손을 꼭 잡고,
말했습니다.
"아이를 지우는 데는,
다른 아이가 최곱니다."
·

"수고스럽더라도,
임신을 한 번 더 하십시오."
그리고,
"약은, 세월입니다."
·

"허. 허. 허."

슈퍼맨

60층 빌딩에서 떨어졌다네.
59층.
58층.
57층.
56층.
·

·

창 안에 있던 그녀가
날,
걱정스러운 눈으로 바라보고 있었지.
난 그녀에게
이렇게 말했어.

"아직은 괜찮아."

연적戀敵

당신의
새로운 애인이
내게,
말했다.

전화기가 꺼져 있어,
소리샘으로 연결중입니다.
연결된 후에는 통화료가 부과됩니다.

밤새도록.
밤새도록.
밤. 새. 도. 록.
말. 했. 다.
……

정말.
힘들었다.

암기 사항

이해하려고 들지 말고,
무조건, 외울 것!

절대로,
고양이에게
해서는 안 되는 말.

"사랑해."

손

손가락 장갑은 자유롭다.
그러나,
벙어리 장갑은 답답하다.
그래서,
손가락 장갑은 솔직하다.
그러나,
벙어리 장갑은 진실하다.

그냥……

그런 것 같다…….

소원

잘 자야 돼,
내. 사. 랑.
꼭이야…… .
예쁘게 자야 돼…… .
꼭이야…… .
내일 봐야 돼…… .
꼭이야…… .
꼭.
꼭.
하느님한테 맹세하고, 꼭……
내일 봐야 돼.
꼭……

제발…… .

Leaving hardly

우연히 보고야 말았습니다.
떠나지 못해,
버리지 못해,
잊지 못해,
참지 못해,
굳어버린,
발길을.

Let it be

마음대로,
가지 말고요,

마음 가는 곳을
잘 보고,
한참 있다가,
천천히,
따라가세요.
생각보다,
마음이 머리보다,
현명하답니다…….

바보주문

오늘만, 참자.
내일은 추억일 거야…….

마지막 편지

받은 편지함.
"미안해……."

보낸 편지함.
"아니야, 내가 미안해……."

내가유령 선 선장이된이 유

사람들은 나를 무서워하며, 위험하다고 생각합니다.

그리곤

존재하지도 않을 거라 생각합니다.

실제로

나를 만나거나 알기를 원하지도 않습니다.

설사,

나를 보았다 할지라도,

보지 않은 척,

그들의 기억 속에서 밀어내려 할 것입니다.

나는 지금, 유령선 선장입니다.

오래 전 일입니다.

결혼을 앞둔 나는 애인과 함께 홀로인 어머니를 모시고 바다로
나갔습니다.

두 여인은 모두, 사방이 수평선인 광경을 무척 좋아했습니다.

우리는

배 갑판 위에서

행복해했습니다.

행복에 취해 있을 그때,
갑자기 평온하던 바다가 거칠어졌습니다.
일말의 예고 없는 파도의 갑작스런 공격에,
우리는 속수무책일 수밖에 없었습니다.
결국,
그 비정한 파도는 우리를 덮쳤습니다.

나는

간신히 배 난간을 잡고 남을 수 있었지만,

어머니와 애인은 파도에 휩쓸려 바다에 빠지고 말았습니다.

두 사람은 나를 향해 살려달라고 손을 뻗치며, 외쳤습니다.

상황은 나에게, 너무 급박하고 잔인했습니다.

둘 중 하나를 먼저 건질 수밖에 없는 상황이었습니다.

두 사람은 모두 절박하게 나를 쳐다보고 있었습니다.

나는
잔인한 파도의
음모에,
시험에
걸려든 것이었습니다.

내가 살아온 세월과 쌓아온 것들이
이 한순간에 의해 평가되고,
앞으로 살아갈 날의 인격이 결정지어지는 순간이었습니다.

나는,
그 짧은 순간,
결정을 내렸습니다.

나는 그들 둘 사이에 손을 내밀었습니다.
그리고

눈을 감았습니다.

......

잠시 후

누군가의 손이 잡히는 듯했습니다.
나는
그 두 사람 중 하나의 희생의지와 살려는 의지에 의해
선택되어졌습니다.

나는 한 것이 없었습니다.

......

그 후 나는 살아난 애인과 결혼을 했습니다.

그리고 난

배를 만들기 시작했습니다.

어떠한 파도에도 견디는 배,

구조시설이 철저하게 갖춰져 있는 배,

그 누구도 놓치지 않는 배,

바다보다 강한 배를 만들기 시작했습니다.

그리고 또,

예쁜 딸을 하나 낳았습니다.

세월이 20년이 지났습니다.

내가 원하던 배가 완성되었습니다.

무엇을 위해 20년을 바쳤는지…… 알 수 없는 공허함에 가득 찼던 그날,

내 딸이 한 남자와 함께, 내 앞에 나타났습니다.

그들은 서로 사랑한다고 했습니다.

나는

그들의 사랑을 축복하기 위해,

내 공허함을 달래주기 위해

배를 타기로 했습니다.

내 딸과 그녀의 애인은 갑판 위에서 사방이 수평선인 평온한 바다를

바라보며 행복해했습니다.

나도

행복해했습니다.

행복에 취해 있을 그때,
파도가 갑자기 거세어졌습니다.
20년 전의 그날처럼,
마치 나를 20년 동안 기다렸다는 듯,
오랫동안 굶주린 늑대처럼,
우리를 덮치려고 했습니다.

나는 우선 딸과 그의 애인을 갑판 밑으로 피신시키려 했습니다.
그러나, 내 등뒤에 있던 파도는 나를 놓치지 않으려고 했습니다.

나는 또 다시,
바다의 음모에,
시험에
빠졌습니다.

다행히도 내 딸은 갑판 위에 간신히 남아 있을 수 있었지만,
딸의 애인은 나와 함께 바다에 떨어졌습니다.

바다에 빠진 나는 배 위의 딸을 쳐다보았습니다.

난 그때,

딸의 모습에서

20년 전, 배 위에 있던 내 모습을 보았습니다.

딸은 나의 과거를 모릅니다.

그러나, 딸은 나를 닮았습니다.

딸은 내가 그랬던 것처럼 눈을 감을 것 같았습니다.

나는 나를 닮은 딸이 무서웠습니다.

나는 혼신의 힘을 다해 딸의 눈을 쳐다보았습니다.

그러나 딸은 내 눈을 피하는 것 같았습니다.

그녀의 눈은 애인을 향해 있었습니다.

그리고, ……, 딸은, 아니, 그녀는 눈을 감았습니다.

그러나,

그녀의 손은

나를 향해 있었습니다.

나는 그녀의 손을 붙잡고 간신히 배 위로 올라올 수 있었습니다.

바로 그때,
딸이 바다에 뛰어들었습니다.
그녀는 그녀의 사랑을 따라서 바다로 간 것입니다.

나는 눈을 감았습니다.
그들의 사랑에……,
나는

한 것이 없었습니다.

나는 한참을 눈을 뜨지 못했습니다.

오랫동안의 허기를 채운 파도가 다시 평온해질 무렵
나는 뒤를 돌아 천천히
바다를 바라보았습니다.

그때였습니다.
저 멀리 하얀 구조선이 보였습니다.

배 위에는 내 딸과 그녀의 애인이 구조되어 있었습니다.
그리고,
그 배는 뱃머리를 돌려 떠나려 하고 있었습니다.

나는 남겨 둔 채로.

이제,

나는 바다 위에 홀로 남겨졌습니다.

육지는 나를 부르지 않았습니다.

나는 파도가 가자는 데로 떠다녔습니다.

가끔 나는 인적이 있는 배를 볼 수가 있었습니다.
허나, 그들은 내 배를 '유령선' 이라 하며,
배 위의 나를 '악마' 라 하며,
나를 피해 갔습니다.

나는,

내가 모르는 사이,

유령선 선장이 되어 있었습니다.

나에겐 죄가 있었습니다.
그건,
진실함이었습니다.

그러나,

나는
아직도
인간입니다.

99%진짜같은 가짜사 랑

없어진 여자

아흔아홉 번째 되던 날 밤,

없어진 여자,

너를 데리고,
나,
다시,
다리를 절며,
유령선으로,
돌아간다.

Rest Lonely

생각해 봤습니다.
하루에,
자는 시간 외에 나 혼자만 있는 시간이
얼마나 있는지…….

나만을 위해,
쉬는 시간이 있는지…….

생각해 보니,
난,
날 너무 아끼지 않았더군요.

미안합니다.

99% 진짜 같은 가짜 사랑

1%,

사랑받길,

원했기에.

……

여지

는 있다.

있다

99%의 절망으로,
죽지 않는…….

1%의 아쉬움으로,
환생하지 않는…….

100%
공짜 사랑.
벌판……
그리고,

마법사.

마법사 want

keep going…….
but,
staying there…….

마법사 said

Swiftly speaking,

I am between you and me.

마법사 pray

Empty

make

imagine.

......

Imagine

make

realize.

마법사 made

펑…….

Probably

고아 천사,

April come she will.

Instant melancholy

Q : 그럴 수밖에 없는 거니?

A : 응, 그럴 수밖에 없는 거야.

Beyond melancholy

Eternally,

Imagine.

좋은 사진이란, 어쨌든, 감동을 주는 사진을, 좋은 사진이라고 생각합니다. 다른 예술에 있어서도 마찬가지이구요….

저에게 있어서, 좋은 사진이란, 사람들이 칭찬해주는 사진이 좋은 사진입니다.

저는 사진 자체에는 관심이 그다지 없는 편입니다. 단지, '사진' 이라는 매개체로 인해 이루어지는 'communication' 에 관심이 많을 따름이며, 제 작업실에 사진을 많이 걸어놓은 이유는, 사진관에 오시는 분들에게 자랑하고 싶어서일 뿐입니다. 그래서, 행복해지고 싶을 뿐입니다.

사진은 저에게 있어서, 그 동안, 찍었던, 사람들에 대한 제 '400분의 1초의 사랑' 에 대한 증거, 혹은 추억일 뿐입니다. 많은 사람들이 제가 사진을 참 잘 찍는다고 생각합니다. 허나, 저는 실제로, 제가 사진을 잘 찍는다기보다, 대상에 대한 애정표현을 잘 하는 사람이라고 생각합니다. 저는 진심으로 대상과 교감하려고 애를 씁니다. 짧은 순간 (400분의 1초)이나마, 진심으로 그 대상이 나를 바라보게 만들려고 애를 씁니다.

정말 그러기 위해서, 전, 정말, 온갖 지랄을 다 합니다. 사진을 찍을 땐, 사진기가 제 피부의 일부처럼 되는 것 같습니다. 사진 찍을 때, 전 사진 찍는다는 상황을 잊습니다. 그래서, 온갖 氣에너지를 다 쏟습니다. 그 외 모든 부분은 어시스턴트에게 맡깁니다.

그러면, 신기하게도 사진이 잘 나옵니다. 그래서, 전 제가 찍어 놓고도, 제가 감탄 자주 합니다. 어떻게 찍었는지는 기억이 잘 나지 않습니다. 그냥 신기합니다. 내가 내 자신이 대견하고 자랑스럽고…. 그래서 전, 사진 찍는 방법, 혹은 기술을 얘기하라고 하면, 실제로 얘기를 잘 못합니다. 그리고, 관심도 별로 없습니다.

저는 '사진' 에 미쳐서, 사진이 너무 좋아서 사진을 하는 것이 절대로 아닙니다.

사진 하니까, 많은 사람에게 칭찬받고, 유명하신 분들을 직접 만나 볼 수 있어서 좋고, 또 그들과 짧게나마 교감을 가질 수 있어서 좋고, 또 돈도 많이 벌고 명성도 얻을 수 있어서 좋고, 부모님이 저를 대견하게 생각해주시니까 좋고, 사진을 통해서, 내 마음이 사람들에게 전달되니까 좋고, 그래서, 사진이 좋습니다.

사진은, 제게 있어서, '사랑하는 사람과의 섹스 후 남는 휴지 혹은 흔적' 일 뿐인 것 같습니다. 사진은 사랑의 증거물로 간직하는 것일 뿐입니다. 소중한 기억이므로!

만약에 저에게 배울 게 있다면, 그건, 사진이 아닙니다. 소중한 순간에 진실해질 수 있는 마음과 그러기 위해서 평소에 하는 생활입니다. 사진할 때의 마음이 따로 있고, 생활할 때의 마음이 따로 있을 것 같습니까? 절대 그렇지 않습니다. 다 같은 마음이 기본에 깔려 있는 것입니다.

사진을 잘 찍으려면, 일단, 사람이 좀 투명해야 됩니다. 솔직하게 말씀드리자면, 저에게 사진 자체에 대해서는, 좀 안 물어봤으면, 좋겠는데… 왜냐하면, 맨날 제가 하는 말이 똑같으니까요… '사랑', 어쩌고 저쩌고 하니까요… 그런데, 그게 진짜인데, 자꾸 기술을 물어보시더라구요… 그리고, 사진에 대한 제 철학을 자꾸 물어보시더라구요….

물론, 제가 한 20년 후에도 사진을 계속 하게 되면, 그때에는 뭔가, 사진에 대한 철학이 있을 수도 있겠지마는… (사실, 그것도 잘 모르겠지만…). 사진 시작한 지, 이제 5년째, 제가 무슨 철학이 있겠습니까?

뭐, 조금 있기야 하지만, 그것도 다, '사랑받고 싶고, 사랑하고 싶다' 는 것이 전부인데… 제 사진을 자세히 보시면… 아주 기술적인 헛점이 많습니다… 허나, 그런 헛점을 전혀 알아채지 못할 만큼의 감정 전달이 확실히 있습니다. 또한, 무엇을 말하고자 하는 것인지, 확실한 언어로 얘기합니다.

저는 애매한 언어로는 말하지 않습니다. 또한 저는 대중들의 무의식을 건드리는 언어를 사용합니다. 좋은 광고 사진이란, 마음을 뚫는 사진입니다. 비주얼만 멋있는 사진은 좋은 광고 사진이 아닙니다.

참고로, 제가 찍은 배우들의 사진이 뭐, 기술적으로, 뭐가 특별난 게 있습니까? 조명이 특이합니까? 컬러가 특이합니까? 그냥, 그분들의 설득력 있는 표정입니다. 그걸 끌어내는 게, 그리고, 그런 표정을 알아보는 게, 좋은 사진을 찍는 90% 이상의 능력입니다.

TV의 연예프로그램에서 잠깐씩 나오는 저의 촬영장면은 일부일 뿐입니다. 실제로 주변의 말을 들어보면, 氣가 나가는 게 보일 정도로, 혼신의 힘을 다해서 소리를 지르고, 뛰고, 춤추고, 정말, 지랄 발광을 합니다. 그건, 사진기술이 아닙니다. 커뮤니케이션의 노력입니다.

우리 어머님이 진짜로 걱정 많이 하십니다. 꼭 그렇게 氣를 소진하며 사진을 찍어야 되냐고… 이에 저는, 뭐, 특별한 사진기술이 없으니, 그렇게라도 해야 한다고 농담으로 어머님께 말씀드립니다만… 그리고, "엄마…! 난 '사진'이 아니라, '지랄' 하는 걸로 떴어… 그래서, 사람들이 '춤추는 사진작가' 라잖아…"라고 말한 적이 있습니다.

하여간, 뭐 그렇습니다.

전… 어떻게 하다 보니, 나도 모르게 여기까지 왔습니다…

'꿈' 이라는 공을, 가고자 하는 방향을 향해, 힘껏 던지십시오…

그리고, 그 방향을 향해서, 땅만 보고 열심히 걸어가십시오…

그러면, 어느새인가, 발 끝에 공이 닿을 겁니다.

2004년, 강영호